U0033513

下一場貓雨

亮孩　著

作 者

亮孩。未成年,大多時候是新竹人,長不大也不想長大。

喜歡玩、愛亂寫,關心社會也關心晚餐要吃什麼,愛護地球更愛護身邊的人。拚命思考、捍衛善良,努力實踐「勇敢是一種選擇」的生命態度。

詩集《詩控城市》榮獲「好書大家讀」,並佔據排行榜冠軍三十天。隔年《詩控餐桌》再次颳起旋風,讓吃貨有了文藝心、詩人多些卡路里。

這本《下一場貓雨》挑戰全新創作形式,讓世界一起下一場動人的雨。

推薦序

收到了這本書的彼時，我渾身沾滿土泥沙礫。

我試著清洗乾淨，卻還是驅趕不了一身的土腥味。終是克制不住翻開書的衝動，就這樣，我的世界下了一場雨。

我用畢生去親近、雕塑這塊土地，正如這位年輕人用文字澆沃心土。我想我們都是一樣的，只要在觀者心中長出一點苗，那就足夠了。

—— 邱隱／土壤藝術家、土地詩人

失戀的女孩、失眠的男孩、相依的姊弟、相伴的夫妻，不同角色在雨中上演著各種劇情。而我能做的，是為他們打造一個最合適的空間，正如這本書所帶給讀者的一樣。

　　跟著我一起張開雙臂，擁抱書中的每一場雨、每一顆破碎的心。

—— 余散／空間設計師、節奏音樂家

我總愛在雨中佇立，日日夜夜，讓雨水在我身上凝成一顆又一顆的生命。

　　而作者拿起了筆，以雨水代替墨水，一筆滂沱大雨，一筆呢喃細雨，輕輕重重輕輕，勾勒出一派濃稠而迷濛的詩意，於是天空下起了一場貓雨。

　　而我依然在雨中佇立著，讀著這一場下不停的雨。

　　　　　　　　—— 何曄／國畫模特兒、中醫藥師

編者序

　　前兩本詩集《詩控城市》、《詩控餐桌》出版後,收到超乎預期的迴響。文學界、教育界、文案圈,無不對亮孩的創作能量感到震撼與動容。

　　這一次,孩子們走進雨中,收集每一顆滑落的雨水,從天空到傘緣、臉頰到心田,將它們化為一段段迷人的詩句。我將其編選成冊,帶著讀者一起感受雨和孩子的魅力。

　　每個下雨天,都能還給世界一方寧靜;正如這本小品文集,帶給我們的一派靜謐。

—— 亮語文創總編／彭瑜亮

目 次

留在雨天

有什麼告白，都該留在雨天，
因為大雨終究會將音節打得七零八落；

有什麼離別，都該留在雨天，
因為在氤氳的水霧裡，
就不用看見被雨幕吞沒的身影；

有什麼淚水，都該留在雨天，
因為在雨中，就什麼都分不清了。

－ 倪妮　18 歲

失　戀

她好想，
讓全世界聽見自己的委屈。

又好想，躺在他懷裡，
只說給他一個人聽。

睜開眼，還是只有，
下雨的聲音。

— 劉芊褥　15歲

汽車・機車

透過窗戶，看著外面的地獄
才想起自己身在天堂

在地獄風吹雨打的我們
卻也永遠看不透，天堂的模樣

— 吳昱陞　12 歲

青蛙王子

滴滴答答

呱呱呱呱

親愛的

我的青蛙王子啊

誰來都好

可不可以請你拾起我的金球

然後稍微

安靜一下

暴風雨

狂風不斷拍打著窗戶，
雨點猛烈地落在屋頂，
發出有節奏的聲響。

暴風也在屋內橫掃，
近乎瘋狂的言語打在妳身上。
與雨聲不同，那是毫無節奏的怒吼。

妳不發一語，
只是將我摟在妳懷裡。

風雨，終於停了
有一絲陽光的味道。

體育課

下雨了
消失的體育課
淪為
教室裡的棒球場
紙球飛天
暖暖包成了捕手手套中的三振出局

紙球依然在飛
沒人注意到
雨停了

— 林佑駿　16 歲

深　夜

翻身，將腳伸向雙人床的另一端，
空蕩蕩。

「滴答、滴答」
窗外響起，那聲音很輕，很柔。

我閉上眼，把手留在一旁的枕頭上，
讓那一字一語，伴我入眠。

雨水早已在路邊，
形成一灘灘水窪。

不顧外頭的大雨，
她依然衝出了家門。

冰涼的雨水一滴滴的，
漸漸澆熄了她心中的怒火，
將她拉回理智。

雨滴模糊了視線，她看不清，
回家的路。

— 張丞希　14 歲

躲　雨

潛到水裡，
還是可以聽到雨水的滴答聲。

只好再深一點，
好讓那煩人的聲音，
靜下來。

舊 傘

細細的傘柄，
承受了多少風雨，和回憶。

你站在我左側，
喃喃自語的聲音被雨聲淹沒；
最後只剩那把舊傘，
獨自撐起我們比肩走過的那場雨。

你換新傘了嗎？
那把舊傘，你還留著嗎？

我的存在是

迷茫飄流
停留在有你的城市
我醜陋的愛無所遁形

只能伏在窗臺看著你
輕蹙的眉
我細碎的呢喃使你憂鬱

以為墜下的我會落進你的懷抱
你不斷前行
我停留在你的每個步伐

我還會成為讓你期待的存在嗎
至少在離開的時候
還你一片晴天

— 鄧謙實　16 歲

歷史課

雨滴穿過了窗，
給課本上的乾隆，
戴了頂灰色帽子。

戳。

乾隆破了。

背面的光緒一臉嚴肅，
我尋思著給他畫個笑臉。
啪！光緒的臉暗了下去。

「老師，我要換座位。」
我舉起溼答答的課本。

下一場貓雨

下雨了，
小貓伸出毫無殺傷力的小爪，
胡亂在玻璃窗上抓出一條一條刮痕，
很輕，
很癢。

喉頭無意間發出的喜悅，
也能使人平靜。

在屋頂來回踩踏，
沒有留戀，
牠只是臨時找一個歇腳處，
一會兒就離開。

雨　夜

迷路的星星，
傾瀉而下。

悄然無聲的夜，
流浪的仲夏精靈。

閃耀的童年，化為點點光影，
注入童話中的夢。

— 周巧甯　13 歲

弟　弟

我不喜歡雨天，因為雨天好擠。

小時候，爸爸都要我和弟弟撐同一把傘。那時的我們，誰也不讓誰，兩隻小手緊握著傘，縮在一團就怕淋溼了衣裳。

上了國中，我們只有偶爾在補習下課後的回家路上，撐同一把傘。他手痠了換我撐，我手痠了換他撐，但我們同時都會淋溼自己一邊的肩膀。

高中以後，我們都有了自己的傘，再也不用擠在一起了，但我卻好像想念起了那段時光。

「欸。」我收起傘，鑽到弟弟的傘底下，「我們一起撐啦！」

漣 漪

雨中落葉

彌留之際

在水面上

輕輕寫下遺言

— 高紹哲　15 歲

深　夜

昏昏欲睡的女孩，在深夜的桌前，
搖搖晃晃。

微弱的檯燈，映著綿密細小的雨絲，
搖搖晃晃。

床上的掛鐘，在有規律的滴答聲中，
搖搖晃晃。

桌上的熱咖啡，蒸騰的白色霧氣，
隨著窗戶縫隙透過的冷風，搖搖晃晃。

搖搖晃晃，搖搖晃晃，
下雨的深夜，整座城市在細雨籠罩中，
搖搖，晃晃。

— 賴宥瑄　14 歲

打　雷

窗外下著綿綿細雨。

「轟！」

正在聽雨的男孩，被巨大的雷聲嚇哭了。
一旁的母親趕緊抱住男孩，輕輕拍著他的背。

「轟！」

又一聲雷聲傳來，男人嚇得抖了一下。
但等了很久，依然只有窗外的綿綿細雨。

人情味

灰暗天色和傾盆大雨，簡直絕配。
我打著傘，小心翼翼地走在回家路上。

朦朧的橘黃大燈自前方快速靠近，
「肯定又要溼透了⋯⋯」

閉上眼，「三⋯⋯二⋯⋯一⋯⋯」
引擎聲緩了下來，從耳邊輕輕滑過。

雨　眠

雨聲，落入我耳中
將我輕輕喚醒

雨聲，落入我夢裡
我再次沉沉睡去

— 方顯程　15歲

天雨路滑

「老伴兒，下雨出不了門，來下棋吧！」
「好咧！」

「等會兒！你這小兵何時跑到我這來了？」
「這⋯⋯天雨路滑唄。」

這不是一封情書

你說你很喜歡雨夜，曾聽過整夜的雨。
我說我從未聽過整夜的雨。

我沒有聽見半夜的大雨，像是思念散成碎片，
嘩嘩不絕。
我沒有想你。

我也沒有看過雨後的日出，但我看過更加明
媚的人。
我沒有想到你。

我沒有聽見清晨的小雨打在屋簷，而是滴答
滴答敲在心上。
我沒有想見到你。

我沒有想過你是否也在聽雨，或許我們之間
只差了一場雨。
我也沒有喜歡你。

這不是一封情書，只是想說：
真巧，你喜歡雨，而我喜歡喜歡雨的人。

長　大

撐著傘，
漫步在街頭。

依然想不起，
當初是誰，陪我淋雨。

— 魏庭語　18 歲

女孩借了男孩的傘

踏過地上的水窪，
大傘遮住女孩的面容，
隱約露出一抹淡淡的微笑。

她並非傘的主人，
只是他已經把一切都交給她了。

— 林宣邑　18 歲

電 玩

隔著
一片玻璃

好想
在他的世界躲雨

— 余武洲　11歲

上　學

搖搖、擺擺，
搖搖、擺擺。

睡眼惺忪的女孩在母親的懷中浮沉，
恍惚間，她睜開眼，
幼稚園的招牌燈在雨中閃爍。
倏地，整個世界在雨中被點亮。

女孩掙脫母親的手，縱身一躍，
消失在似霧的薄雨中。

稚嫩的笑語依稀從雨幕中傳出，
母親無奈地勾了勾唇，朝著幼稚園大門揮手。

「媽媽下午再來接你喔！」

鞋溼溼

腳在水窪中游泳
貓貓卻躲在裡面偷吃雨魚

脫下鞋鞋
拉下黑黑溼溼的貓貓
只剩下吃完魚魚後的
臭臭

— 沈書禾　18 歲

流　浪

他拿著

滴著水的深褐色紙箱，

看著

被水吞噬的地下道。

喪 禮

雷聲不斷響起
白衣浸溼了一大片
悲傷隨著風
飄向遠方

腦海浮現了你的模樣
耳畔響起了你的聲音
但如今，只剩下
雨在獨奏

— 楊軒名　11歲

裂　縫

從天空的裂口掉落
雨滴一下子想家了

木椅上　石頭上
路面上　泥地上
或掌心

它們不自禁地想鑽回縫隙
把傷口透明地癒合了

— 黃俊瑜　17 歲

車 上

左晃

右晃

左晃

下雨天的後座

跟著雨刷的節奏

左晃

右晃

左晃

— 胡安潔　13歲

青　春

自實驗室回來，手中仍拿著記錄簿和課本，看著隔著一個操場的藝能大樓顯得有些朦朧，心中猶豫不定。

剩兩分鐘就要遲到了。

突然，幾個熟悉的聲音喊著我的名字，回頭，只見他們三人拿著一把雨傘向我招了招手。

「妳不要踩到水坑啦！」「再過來一點點！我的頭髮快溼了！」一路嬉鬧中，跨過了操場，大夥兒都溼透了。

原來，我只是不想一個人淋雨。

分 手

盼了好久
天空終於下起了雨

我走進雨中，繼續等待
當初那個沒帶傘的你

— 陳岩甫　18 歲

滴答　滴答
一朵朵繽紛的花
綻放在雨天的街頭

卻凋零在
雨後的陽光裡。

_ 胡安鈞　16歲

霸 凌

她縮在小巷的牆邊，半邊身子蹭滿了泥，另外半邊綻放著淡粉和豔紅的玫瑰。

滴答。

「下雨了啦！真掃興。」「走了，不然淋溼就麻煩了。」

嘩啦嘩啦。

她抬起頭、閉上眼，任由冷冽的雨珠在雙頰起舞，泥土和血液混雜著流下，溼透的校服被染成一種詭異卻美麗的色澤。

銀河破了一個洞，閃爍的星辰如瀑布一樣傾瀉而下，她佇立在一片湧動的星海中。

「真美呢！」她心想，「要是他們看得見就好了。」

安　慰

小女孩把手伸出傘外，雨水落到她的掌心，
冷冷的。

「你不開心嗎？」小女孩睜大眼睛，等了一下。

天空沒有回答，只是默默地哭著。

「沒關係，我幫你擦眼淚。」女孩蹲到地上，
捲起裙角沾進水窪裡。

烏雲分開了，露出一道淡淡的彩虹。

晴天娃娃

絲線

緊緊抓住他的
只是一條
絲線

風中死命地掙扎
雨裡無助顫抖
他沒有放棄

只是抓不住
遲來的晴天

— 林佑駿　16歲

雨下在醫院

雨在頰上滾動。

我唯一記得的，
只有阿公忘記我了。

— 周聖諺　18 歲

傘 下

雨天
每個人都躲在自己的世界
快速前行
一心一意想著
該怎麼逃出雨天

雨依然下著，你說
只有停下腳步
才能走出雨天

_ 江宜歡　11 歲

下一場澆熄戰火的大雨

砲雨恣意地下
蠻橫地衝
破了城市夜空
醞釀暴風前兆

彈雨連綿不絕
穿梭在邊界戰士的身軀
從內而外，浸透
毛孔、纖維
一股滾燙熱血
漸漸漸漸冰冷

只能像一隻頹喪的蝸牛
蜷縮在殼中
埋在深深的地表下

我好想念
能夠淋雨的日子

湖畔漫步

雨醒過來，喚了青草和泥濘的氣味，濡溼了湖畔的路。
我不偏不倚，卻看不清哪兒是邊。

雨顛了光、倒了影，開出了鏡花水月，又跳起了舞。
我看進湖裡，看風吹起一縷雨煙。

雨邀霧來，吹散湖與天際的界，世界漸而模糊。
我一躍而起，似乎摸到了天。

回　家

雨點

落在車窗上

我想念著

那雙磨破腳的雨鞋

― 陳岩甫　18 歲

窗 外

預備，開始！

一開始，
它們以飛快的速度流到了終點前。

結果一號選手停下來，水太少了。
於是二號選手獲得冠軍。

下雨天坐車，
就可以欣賞這樣緊張刺激的比賽。

‧

屋 頂

來吧！雨兒
跟著同伴
快樂地跳吧！
會有人接住你的

_ 許睿心　11歲

生　活

在臺北的雨中流浪。

泡水的公事包拽著你彎腰，殘破的自尊迷
失在巷弄，在臺北的雨中迷茫。

高樓藏在雨珠和霧霾後冷笑，金屬軌道的
咒罵震耳欲聾，在臺北的雨中癲狂。

酸澀浸入眼眶，灰色的彩虹蒙蔽朝陽。
在臺北的雨中，繼續流浪。

光

雨聲滴滴、答答。

女孩的眼中，閃著微微的光。
水窪亮得刺眼，那是陽光的駐守。

下課鐘響，隨著一哄而散的同學，女孩來
到了操場的一隅，最大的洞，最大的水坑。

持續落下的雨，水面一圈又一圈的漣漪，
那是一場太陽雨。

女孩一腳踏進燦爛的水坑，光濺到了她
的腳上。

綻晴了。

— 邱怜　12歲

再　見

我淋著雨
喚你的名字
隔著淅瀝瀝的簾幕
吶喊

你背著我遠走
背影糊成一團
滴滴答答
碎了滿地

我淋著鹹鹹的雨
在一個人的傘下

教　室

雨聲，
漸漸地融入教室的講課聲

那些自由奔跑的雨水，觀賞著
囚禁在教室的我們

— 林禹彤　17 歲

天　橋

我低下頭，
看著底下熙攘喧鬧的車陣。

手中的傘越過了視線，
為匆忙來往的人們，
留下一方，
短暫的寧靜。

— 侯玥伶　17歲

屋　簷

你全力擊碎，我從萬里高空墜落
只為與你相見一面的勇氣

而我終究只能獨自流過你身旁
漫無目的且悄無聲息

是啊
你也有想守護的人

— 李沛軒　17歲

被 窩

蜷縮在被窩裡，包裹著自己，
在這樣溫暖的世界。

我只想靜靜待著，外頭陰雨的天氣，
本就不應存在於我的世界。

沒有衝突，沒有不同於我的聲音，
一切都是這麼舒適美好。

外頭的世界好大，我心知肚明，
卻不願離開這樣的溫暖。

窗外的雨點，沿著窗緣，
滑落。

— 羅霈耘　17歲

畫 雨

純白畫布上繞著蜿蜒的水痕
像張狂的藤蔓，往木質畫架上糾纏
我手中的畫筆散著潮溼的氣息

筆落。霧白的水珠滾過畫布
落在你肩上

我畫著雨
雨描繪你的身體

往上掉的雨

撐起雨傘的人
成為最大的笑柄

傾覆的水窪，把他們捧到天空
雨衣充滿了水，像一顆顆氣球

伸直的頭髮指著雲朵
雨滴從髮尖落回天空

— 李廿　17 歲

暗　戀

你向我走過來，
一陣沁涼襲上心頭，
還有一絲雨的氣味。

你無聲地走了過去。

啊！真希望，
你心裡也有一朵雲飄過。

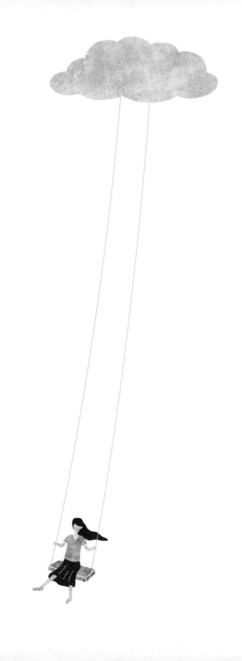

回　家

放下曾經的自由
我要回家了

我不再是一顆渺小的雨珠
我要成為一片遼闊的大海

— 周妲均　16 歲

旅　行

破碎的行囊，

散亂在肩上的髮絲。

「嘿！」

我抬頭望向那肆意猖狂的老天。

「你哭夠了喔！」

— 陳羿　16歲

窗

潮溼的霉味竄進我鼻間，下雨了。

一顆又一顆晶瑩的水珠，沿著窗邊滑落。

我坐在車內，聽著收音機播放的老情歌，
熟悉的面孔及笑聲彷彿出現在眼前，回憶
在心中沉浮。

你在的那座城市，是否也在下雨？

流　浪

人行道邊

癱坐

浸溼的鬍渣

水匯流在人行道邊

偶爾激濺的浪花

流浪　流浪

— 余彥霖　17歲

我的貓

我從來沒有找到過溼透的小貓

雨中只有我撐著傘
到處尋找著微弱的呼氣聲
狂風狠狠地把我吹離地面
傘掉進了方格裡的一條巷弄

我繼續瘋狂地找著
那隻受傷的小貓　我記得
牠的右腳上有個傷

連帽外套被雨撕裂著
直到雨滴變成針刺穿我的那幾秒鐘
我屈服倒地
口裡繼續唸著那隻小貓的名字

喵
牠牽著陽光若無其事地走了

— 王苡儒　18 歲

柔 情

總是喜歡賞雨。

聽說天地曾經相愛，
雨天的淚，成了他們唯一的連結。

被窩裡，在雨天的柔情中，
沉沉睡去……

— 許明淇　16 歲

長　大

左邊　　右邊　　後面　　前面
四下無人

戰戰兢兢地發動引擎
右腳逐漸加壓
呼嘯的風擦過臉頰

嘩啦！
一對晶瑩的翅膀展開，然後凋零
喘息和羞恥心
蔓延在開了空調的車廂裡

長大
只剩晦澀難懂的快樂

起　床

雨，
滴答、滴答，
嘩啦。

夢，
閃爍、閃爍，
碎了。

潮溼的氣息從半開的窗流入，
流入房裡，流進夢裡。
嘩啦嘩啦，吞掉了夢。

睜眼，我努力回想。
可記憶中只剩一陣陣，
嘩啦，嘩啦。

_ 周昀妍　15歲

水窪

鄉間的泥土路上，
一雙亮紅的雨鞋打亂了水面的平靜，
掀起一波波皺摺。

女孩握著透明的傘咯咯地笑著，
探頭望著雨水的波動。

皺起的水面漸漸舒坦，
倒影漸漸清晰。

倒影中的女人，
面無表情地回應。

一手緊握黑色雨傘，
一手提著厚重的公事包。
路旁的水窪映著矗立的大廈。

女人嘆了口氣，撇開雙眼，
踩著暗紅的高跟鞋，
走向灰暗的天空。

— 王智盈 17歲

她倒在雨中，
雨滴滲進血紅的傷口，
一滴淡紅色的血在地上成了血花。

路人一個個走過。

她自己默默地站起來，
走了。

沒有人注意到。

— 林歆儀　12歲

擁　抱

下墜、流淌、匯集
滴滴答答反反覆覆

不同的弧線終究彼此契合
成了同一個體

一腳踩下，濺起了大半
卻依然緊緊相擁
待到乾涸的那天

— 李沛軒　17 歲

老鐵軌

落在枕木上的雨滴，融化
染上寧靜的顏色
不會再有火車的軌道
升起了一叢叢白色的蘑菇

— 李廿　17 歲

太空漫步

一腳踩進地上淺淺的坑

蒼黃的塵土揚起

濺得他一身　溼

肩上的氧氣筒

很輕

輕得讓他忘了裡面溼淋淋的數學課本和字典

太空衣　合身

隨著他一躍一躍的腳步

啷啷作響

月球漫步

他踏著水窪前進

雨　刷

小時候，

總愛在下雨天叫爸爸關上雨刷，

讓雨水積滿整個擋風玻璃。

窗外的景色漸漸溶化，

身體、心情，也都一併溶化。

世界，突然變得好簡單。

港 口

還未靠岸
我淋著雨等待
你說你正在趕來
向某陣呼嘯的海風
我知道你會來

於是你說帆斷了
需要兩天把她補完
像一朵不太遠的雲
你是想來的

連續下了三天三夜的雨
你還沒說
但我知道在雨裡
船是難以航行的

後來海風把雲吹散
海鷗上岸
你什麼也沒說
我知道我該走了

— 洪齊紹　16 歲

雨　傘

你說
要做我的雨傘

我眷戀著
外頭的天空

— 劉思妤　16 歲

天　橋

車燈在腳下交織成串

驟雨拍打著我的面頰

手中的傘無助地抖動

我俯視著，卻無力改變任何事

任何事

— 羅奎翔　17歲

她

她的世界總是下著雨。

我曾靜靜地盯著她，望進她深不見底的瞳孔，裡頭溢著深褐色的悲傷，和偶爾溼透了的睫毛。

睫毛上的水珠總是不肯滑落。她說只要下著雨，就不會孤單，這個世界會陪她一起悲傷。

後來，她掀起了陣陣暴風雨，打落我為她撐起的傘，一把接一把，鐵絲割破了我的掌心。

最後，她對著我的離去咆哮。我看著暴風圈漸漸離我而去，只剩毛毛細雨，和眼中打轉的淚水。

－ 王苡儒　18 歲

血 拼

數字，一個個吸熱蒸發
帳戶的零頭凝結

女人接住天空遺落的一條條纖維
河流，把貪婪織成大學 T、A 字裙和衛衣
口紅和粉餅盒狂妄地佔據大海

雨天過後，只剩下
淹水的購物車
和一張散發霉味的信用卡

_ 王薇甯　16 歲

情人傘

人說，
有情人共撐一把傘。

我不理解什麼有情，
只想，有晴，
怎麼需要傘？

父 親

雨從我頰上輕輕滑落。

父親，拿了把傘，遮住了我們的頭頂。看到
我淋雨，爸心疼地把傘移過來。雨滴，在父
親的外衣留下了幾個深色小圓點。

我推著父親的手，想讓父親遮雨的面積大點，
但父親說，「沒關係！我不怕冷，你可不能
淋雨啊！」四年級的我這才放棄。

國中的一次週末，剛買完晚餐，雨，便輕輕
地下了起來。我幫爸撐著傘，依稀又看到了
當年父親衣上的雨滴。

想到這，傘不自覺地朝父親身上靠了靠。

友 情

洗去了青澀，
淋溼了初衷，
濺出了說好不可以說的祕密。

回憶流入了下水道，
笑著說：「下雨了。」

芭蕾舞曲

悠揚的交響樂迴盪在耳際。

女孩深吸一口氣，
雙腳隨著樂句高揚而躍起，低沉而輕落；
舞姿伴著節奏的加速而輕盈，緩慢而沉重。

曲終敬禮時，回頭——看著大大小小的水坑，
「呼——幸好鞋子沒溼。」

女孩轉過身拉了拉書包的肩帶，
輕身躍過人行道上的小水窪。

— 王智盈　17 歲

菸 愁

空蕩的街

大雨傾瀉

我傾吐雲霧

把思念藏進雨中

深吐　深吸

思念吸進肺裡

從此相思再難醫

上　班

滴答聲逐漸放大我的感官
車燈努力地照射一片虛無

驟雨傾倒在車頂，洗刷著趕著上班的煩躁
獨自駕駛的車變得熙攘喧鬧

窗景融化後，似乎也讓世界變得可愛許多——
沒關係，要塞一起塞，一起遲到也好

破 關

遊戲開始

第一關：城市

「啊！溼了！」

Game over

亮孩群 <small>（依姓氏筆畫排序）</small>

王智盈	王薇甯	王苡儒	方顥程
古月岑	江宜叡	伍秉辰	余武洲
余彥霖	李筠捷	李沛軒	吳昱陞
汪亮辰	沈書禾	李廿	邱伶
周姮均	周巧甯	周昀妍	周聖諺
林宣邑	林柚辰	林佑駿	林禹彤
林歆儀	胡安鈞	胡安潔	侯玥伶
洪齊紹	范圓沂	陳暄承	陳岩甫
陳則宇	陳羿	倪妮	高紹哲
郭昱翔	孫庭柔	翁笙紘	許馨方
許妍羚	許睿心	許明淇	張心凌
張丞希	張皓堪	黃俊瑜	童翌安
楊軒名	葉芝宇	鄧謙實	廖昱恩
劉芊褘	劉思妤	蔡僑陽	賴宥瑄
魏庭語	羅安晴	羅奎翔	羅霈耘

心星 02
下一場貓雨

作者	亮孩
總編輯	彭瑜亮、陳品誼
發行人	彭瑜亮
設計	宋柏諺
校對	洪士鈞、鄭雅婷
出版行政	陳芊霏
出版	亮語文創教育有限公司
地址	302 新竹縣竹北市光明六路 251 號 4 樓
電話	03-558-5675
電子信箱	shininglife@shininglife.com.tw

總經銷	知己圖書股份有限公司
印刷	漾格科技股份有限公司

出版日期	2022 年 5 月 初版 1 刷
定價	330 元
書號	AB005
ISBN	978-986-97664-5-6

國家圖書館出版品預行編目 (CIP) 資料

下一場貓雨 / 亮孩著．初版
新竹縣竹北市．亮語文創教育有限公司
2022.05 / 192 面；13x17.5 公分（心星 02）
ISBN：978-986-97664-5-6（平裝）
863.4　　　　　　　　　111003282